いのちのつぶ
ミジウの星

石井 収／作
つのだ・さとし／絵

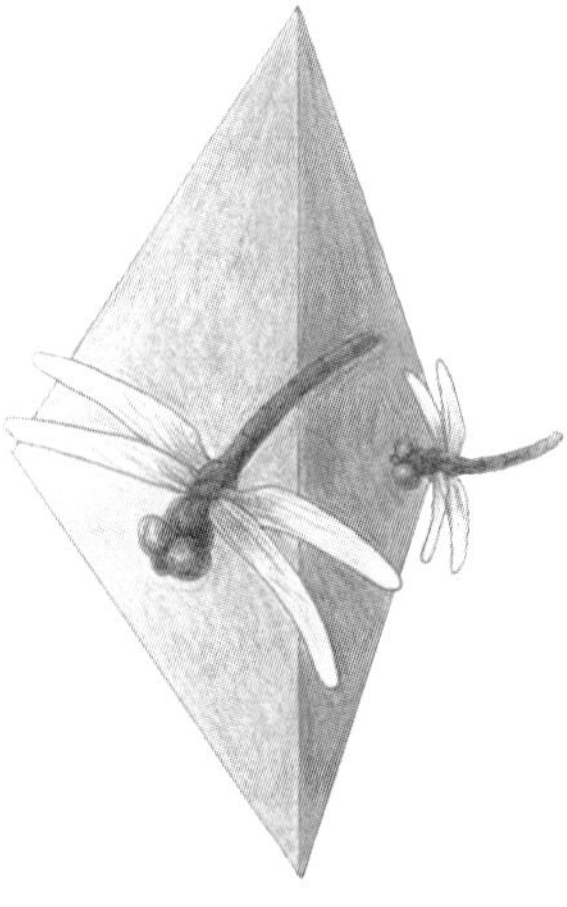

銀の鈴社

もくじ

「三つ目」の森へ

２０７０年、都会の小学校の子どもたちが遠足で、山野に造られた公園広場にやって来ました。

大都会はコンクリートとアスファルトの灰色でおおわれていますが、四方を山に囲まれ、周辺は秋の色が鮮《あざ》やかです。子どもたちは本来の快活な気分を取り戻し、走ったり歌ったりしました。お昼どきには、草の上でおにぎりやサンドイッチをおいしそうに頬張《ほおば》りました。

５年生のノゾミは、草の上で寝ころび、山に浮かぶ白い雲に見とれていました。雲は少しずつ形を変えていき、やさしい表情になりました。口元と見える辺りがフーと息をしたようです。息は風になって、ノゾミの頬をなでました。

（秋は今までどこに行っていたのだろう、秋はうれしいよ）

雲のささやきでしょうか。

「ほんとだね」とノゾミは雲に答えました。そして、やわらかな日差しの中でウトウトと気持ちよくなってきました。

「なにを、ひとりごと言ってんだ。探検《たんけん》に行くぞ、ついてこい」

ふいに、タツオの声で起こされました。

昼食後の自由行動で、ノゾミたち仲間7人は、リーダー格のタツオを先頭に森の中に入っていきました。

「おい、あれはなんだ」

しばらく行くと、タツオがそう言って立ち止まりました。少年たちは、タツオの指さす方を見ました。小道の十数メートル先に、猫より一回り大きい、こげ茶色の獣がこちらを見ています。額の中央にパカッと割れた跡があります。

「タヌキだっ」

物知りの仲間の声に、獣は逃げていきました。

少年たちは追いかけました。

ノゾミは、図鑑で見たことのあるタヌキの姿を思い出しました。

獣はやぶの中に逃げ込みました。タツオたちはそのやぶまで来て探しましたが見当たりません。

「きっと、奥だ」

タツオはさらに森の奥へと入って行きます。みんなも従いました。

やぶを踏み越えてゆくと川原に出ました。川の上流には小さなダムが建っています。土《ど》砂災害《しゃさいがい》を防ぐという名目で造られた砂防《さぼう》ダムです。

「あっ、いたぞ」

「こんどは3匹もいる」

ダムの上からタヌキらしき獣が3匹、こちらを見下ろしています。

「あいつら、にらんでやがる。やっつけよう」

タツオが川原の石をポケットにつめて木の棒をひろいました。みんなも倣《なら》いました。ノゾミだけは先生たちのいる広場に引き返したくなりました。3匹が足を踏ん張り、毛を逆《さか》立《だ》て、これ以上近づくなと警告《けいこく》しているからです。

「タツオくん、先生があまり遠くへ行くなと注意しただろ、もうもどろう」

一番うしろから、何も手にしていないノゾミが注意しました。でもタツオは振り返りもしません。

ダムのすぐ下まで来ると左手に小道があり、さらに先はえん堤へ登るコンクリートの階段になっています。みんなの足が速くなりました。

「タヌキのヤツ、にらんでいたぞ」

「おそってこないか」

不安げな声も聞こえてきますが、タツオはかまわず急な階段を上がっていきます。

ノゾミも仕方なくついて行きました。間もなく、ダムの上に着いた子どもたちの足が止まりました。

立ち往生《おうじょう》した後《うし》ろの方で、「どうして止まるんだ、早く行けよ」と急《せ》かしますが、先頭のタツオは黙《だま》ったままです。

変だぞ。ノゾミは動かぬ子どもたちをかき分け、タツオの前に立って自分の目を疑いました。

タツオが「お化《ば》けだ、逃げろ」と叫びました。前の方にいた子どもたちから我先《われさき》に、「化け物だ」「怪物《かいぶつ》だ」とわめいて一目散《いちもくさん》に川原から広場の方へ逃げていきました。

ノゾミだけがその場に残りました。

3匹の五つの目ににらまれて足がすくんでしまったからです。

そうです。3匹なのに目が合計五つなのです。一番大きなタヌキは左右と、それに額《ひたい》にもう一つ。最初は傷に見えた額の割れ目は目だったのです。他の2匹は片目しかありません。閉じられた片側はこぶのようにふくらんでいます。その五つの目が、これ以上近づくなとにらんでいます。でも一歩、立ち止まってはまた一歩と、ノゾミの足は少しずつ近づきます。

どれぐらい時間が過ぎたでしょう。「三つ目」のタヌキの真ん中の目に輝きがないことがわかりました。ノゾミの次の行動をうかがっているのは左右の目だけです。

ノゾミはそのやさしげな瞳《ひとみ》に語りかけました。

「きみはお化けでも怪物でもなく、病気で、そんな目になったんだね」

「三つ目」がこっくりうなずきました。そしてダムを渡り始めました。ノゾミは3匹の後について行きました。

ダムを渡り終え、さらに沢沿いを登っていきます。遠くに峰が見えてきました。切り立った斜面の下まで来ると、ほら穴があります。

3匹は、ほら穴の前の少し開けた場所に向かい合って座りました。何か話し合っている様子です。ノゾミは下がって様子を見ていました。鼻先でフン、フンと相づちを打ったり、時にはクン、クンと意見を交わしたりしています。

深刻な話らしく、すぐには終わりませんでした。そのうち、「三つ目」だけがほら穴に向かい、入り口でノゾミを振り返りました。左右の目が「ついてきなさい」と言っています。

ほら穴の中は、大人なら頭を天井にぶつけてしまう高さですが、ノゾミはどうにか、そんなことをしなくても進めました。だんだん中は暗くなりました。同時に、奥からビリビリと刺《さ》さってくる気配《けはい》を感じました。

「三つ目」のキュン、キュンと呼ぶ声を頼りに、奥へと向かいました。何かが足に当《あ》たりました。腰《こし》をかがめて触《さわ》ってみると乾《かわ》いた塊《かたまり》です。拾《ひろ》い上げ、いくつものくぼみを探り当て、ハッとして落としてしまいました。

なんと、それは人の頭がい骨でした。

ひょっとしたら縄文人《じょうもんじん》の化石《かせき》かも知れない。そう想像すると、ふるえが収《おさ》まりました。

でも、頭がい骨の下まで手を伸ばした時は心臓が止まりそうになりました。

がい骨はボタンのついたシャツを着ているではありませんか。となると、縄文人ではなく最近まで生きていた人の可能性が高い。何が何だかわからず、逃げ出したくなりました。「三つ目」がひときわ高い声で呼びます。近づくと熱を放ってくるものがあります。手を伸ばして大きなカバンに触れ、焼けるような熱さにすぐ手を引っ込めました。

「こわい事件があったことを、きみはぼくに教えたかったんだね。先生に話して警察に通報してもらおう」

ノゾミが入り口に引き返そうとした時です。

(ビビ、ビッー)

得体の知れないものが襲《おそ》ってきました。ノゾミは意識を失ってしまいました。

いのちのつぶ

それから、どれくらい時間がたったでしょう。ノゾミは自分の体が立ったままの姿で、ほら穴から暗い空へゆっくり浮いていくように思えました。天上には無数の星が砂のように散らばっています。その中で一つ、ピカッ、ピカッと語り掛けてくるように輝く星があります。

なんという星だろう。

ノゾミの心のつぶやきが聞こえたのでしょうか。

（わたしはミゾウの星。あなたを待っていました）

清水のしずくみたいに一語ずつ、声が胸にしみわたってきます。

「ミゾウの星って？」

（奇跡《きせき》の星。そして、あなたのいのちを祝福《しゅくふく》するものです。いのちのつぶは決してこわし

てはいけません。決してこわしてはいけません）
「いのちのつぶ？　それは、なんのことですか」
（あなたはそのことをこれから学びます。さあ、いらっしゃい）

真実の星

また眠ってしまったのでしょうか、目が覚めてノゾミはきょとんとしました。遠足に来た公園広場に戻っていて、草の上に横たわっているではありませんか。

なんだ、夢だったのか。

そう思ったのも束《つか》の間《ま》、やはり変だぞと思い直しました。

そこは、風景は似ていても遠足で来た広場ではありません。その証拠《しょうこ》に級友たちの声も姿もありません。あずま屋もありません。山野に人工的に造られた広場とは景色が違います。

いったい、どこだろう。ノゾミは周囲を見まわし、聞こえてくる音に耳を傾けました。

「目がさめましたか～」

声のする方を見上げると、丘の上の大きな木の下で、さっきの三つ目のタヌキが手を振っています。ノゾミは見知らぬ土地でやっと友だちに会えたような気持ちになりました。

「お～い」と手を振って、ノゾミは三つ目のタヌキのもとへ駆けてゆきました。

タヌキは大きな風呂敷《ふろしき》のような布を首に巻き、背中でヒラヒラさせています。

「それはなに」

「マントですよ、わたしはこれで飛んできたんです」

「飛んできた？」

ノゾミは丘の上から改めて見渡しました。

ここはどこだろう。

「ミゾウの星よ」

何も聞いていないのに、タヌキが答えました。

ミゾウの星？　さっき夢の中で聞いた星の名だぞ。ここは地球じゃないのか。それで、地球で見た時と違ってタヌキが二本足で立って話をするのか。

不思議そうな目で見ていると、タヌキがにっこり笑いました。

「不思議でもなんでもありません。ただ、あなたたちが知らないだけ。それこそが大きな問題なんだけど。人間の知ったかぶりは実に困ったものだって」

「だれかがそう言ったの」

「イチル様」

イチル様？　そんな名前、聞いたことがありません。何もかもがちんぷんかんぷんです。一つひとつ、確かめなくてはなりません。

「それじゃ、ぼくは遠い宇宙に来たの？」

「遠い宇宙もあれば、近い宇宙もあります。でも、宇宙からながめているのではなく、地球にいた時と同じように、こうやって星の上に立っているってことが重要なのです」

それもイチルという人の話らしい。それじゃあ、ぼくはミゾウの星にどうやって来たのだろう。ロケットに乗った記憶などないぞ。

「ロケットになんか乗っていません。あなたの魂《たましい》が飛んできたんじゃありませんか」

「タッ、タマシイ」

思わず、すっ頓狂《とんきょう》な声になりました。

「そう。あなたなら、いっぺんに宇宙の裏側まで飛ぶことができるって、イチル様の見込んだとおり。あなたは会った時からずっとわたしに話しかけてくれました。心の言葉を語る詩人、あなたは詩人の魂《たましい》です」

それから、「わたしは」と言いかけ、タヌキはすました顔になりました。

「わたしは、このマントで飛んできました」

さっきもそう言っていました。

「とっくり、ご覧あれ」

風呂敷《ふろしき》のように見えたマントは五角形でした。

その一角にタヌキが首を入れ、風が吹くとなびき、同時にタヌキの体がマントとともに浮き上がります。四角形より、よく飛びそうです。

「きみ、かっこういいよ」

タヌキはますます得意《とくい》げな顔をします。

それにしても、マントを背にして飛ぶタヌキなど聞いたことがありません。ノゾミはやはり夢の中にいるのだと思いました。

今までも、冒険の夢の最中に息詰《いきづ》まったり絶体絶命という危険に陥《おちい》ったりすると、「えいっ、さめろ」と自分で夢から覚めた体験が何度もあります。今度もそんな夢が続いているのだと意識されるのですが、なかなか目が覚めないところをみると、この夢の物語がそれほど切羽《せっぱ》詰まっていないのでしょう。もう少し夢の中にいても大丈夫なのかも知れません。

「きみ、名前は？」

「ミツメルです、よろしく」

後《うし》ろ手《で》でマントの両はしを持ち、片足を引いて恭《うやうや》しく礼をしました。

名前があまりに外見のままなので、ノゾミが感想を言えないでいると、ミツメルは「変な名前だと思っていますね。でも、せっかく三つ目に生まれてきたのだからと、名前に深い意味を込めてくださったんです」と言いました。

「やはりイチルという人が？」

「そうです。イチル様がおっしゃいました、その目をなんでも見える、心の目にしなさいってね」

心の目でミツメル――イチルはすごいことを言う人だ、とノゾミは感心しました。

「イチル様には、あなたに会ってもらうことになるでしょう」

「ところで、ぼくの名前を知ってる？」

「ノゾミでしょ」

何もかも突然で頭の中の整理がつかないけど、ミツメルなら何を質問しても丁寧《ていねい》に答えてくれそうです。

「ねぇ、きみはタヌキだよ、ね」

「そうです」

「それじゃ、新種のタヌキ？　だって目が三つもあるからさ。あっ、一つ目もいたね。あの時から夢だったのかなあ」

ノゾミはわけがわからなくなりました。

「夢でなんかあるものですか。それこそが、あなたに知ってもらいたいこと。あなたは見込んだとおりの人間です」

「見込んだとおり？」

「あなたは真剣にわたしの三つの目に何かを見ようとしました。タツオは何も見ようとせず、わたしを化け物《もの》呼《よ》ばわりしただけなのに」

「何かを見ようとしたんじゃない。こわいほど、きみの目に吸いつけられたんだ」

ミツメルが笑いました。

「それじゃ、さわってごらんなさい」と目を閉じました。

ノゾミはおそるおそる、それから優しくなでました。

「こわかった？」

「うん、最初はね」

その答えに、ミツメルがにっこりしました。

「そこがいいのです。正直《しょうじき》が原点。だから真実が見えます。これから、わたしが真実のつまったミゾウの星を案内します」

「真実のつまった？」

「ええ。地球では隠《かく》されていた真実がこの星ではありのままです」

「だから、奇跡《きせき》の星なの？」

「さあ」

フラフラのオニヤンマ

丘から川音がする方へ下り始め、ノゾミは首をかしげました。しばらくして立ち止まりました。ミツメルのマントがぱたりと背中にくっついています。

やはり、風はそよとも吹いてません。丘からこっちの斜面に来たら、風がやみました。その理由を聞きました。

「とても、いい質問。道々、そうやってなんでも聞いてください。まず、さっそくの質問に答えます。飛んでいる鳥や虫をよく見てください」

空を見上げると、いきなりハトが飛んできました。

「あっ、あぶない」

ハトが丘を飛び越えようとした時、木にぶつかりそうになりました。

「ハトらしくないぞ。なぜっ」

「なぜって……あのハトは真っすぐ飛べないの。それで、地球にいた時、車に衝突《しょうとつ》してしまいました」

「ほら、あのトンボ」とミツメルが指をさしました。今度は、オニヤンマがこっちに向かってきます。でも、真っすぐビューンとではなく、フラフラして今にも落ちそうです。

「あのオニヤンマもハトも生まれつき羽が短いの。生まれつき、強く飛べる力を持っていないのです」

「生まれつきって、どういうこと」

「わたしの三つ目と同じってこと」と悲しい目になりました。

「だから、どうして生まれつきなの」

「それは川に着いてから説明します。風が吹いたら、あのハトもオニヤンマもまともに飛べず、ぶつかったり落ちたりしてしまう。それでは、あまりにかわいそう。だから、ここでは風が吹かないの」

放射能の嵐

いくつか丘を越えていくうちに風がまた吹いてきました。

小さな丘と丘の間に川が流れています。川は平らな野原に出ると広がって、流れの中にこんもりと中州《なかす》をつくっています。下流に行くと、築山《つきやま》ほどの小さな中州があり、おあつらえ向きに木橋が掛かっています。

木橋を渡ったミツメルが、中州を巡って半円を描いて流れる川を見下ろしました。

「川の中をのぞいてみてください」

「コイがいっぱい泳いでいる」

「1匹、1匹をよく見て」

丘での急流と違って、平地に出て、しかも中州にさえぎられて流れは弱くなっているのに、どのコイもユラユラと頼りなげです。

「コイたちはちゃんと泳げないの？」

「そうなの」と声を落としました。

足元の大石にぶつかりそうになったコイは、元の流れに戻ろうと必死ですが、背びれがなくて不安定な舟みたいに揺れています。浅瀬で動かぬコイには浮き袋という器官がないそうです。そして、どのコイも紫色です。紫色のコイなんか見たことがありません。

「ミツメル、きみはきっと言うだろう。ひれのないのも生まれつき、紫色も生まれつきだ、と。さあ、そのわけを教えてくれ」

ミツメルは遠くを見上げました。

「みな、あの透明爆弾《とうめいばくだん》のせい」

「トウメイバクダン？」

「私たちの体をボロボロにしてしまった、不気味で強力な透明爆弾……放射能のことです。みんな、被曝《ひばく》してしまったのです」

「ヒバク？」

そう言えば、お父さんに聞いたことがあります。被曝は放射能の威力《いりょく》にさらされることで、ユーラシア原子力発電所、ニッポン原発、さらにエンガン原発の大事故で、放射能汚《お》染《せん》つまり被曝があったことを。しかも、その三つの事故はノゾミが生まれる前の出来事なのに、今もまだ後始末ができず、放射能の危険が続いています。

「それもこれも、みんな、人間が決してこわしてはいけないものを無理矢理こわしてしまったからです」

決してこわしてはいけないもの……あの時、同じ言葉を聞いたぞ。

「いのちのつぶのことだね」

「地球で一番大切なもの。それ以上は分けられない小さな粒《つぶ》。それなのに、人間は無理矢理こわしてしまいました。そのために不幸が起きたのです。そのことはイチル様があとで話をしてくださいます。ここのコイたちはユーラシア原発近くの養殖場《ようしょくじょう》で産まれました。紫色は、遠い昔のコイたちの祖先の色です。先祖の色にもどってしまったのです」

原子炉内の物質が原発事故で飛び散って養殖池の底にたまりました。コイは泥の表面近くまで口を突っ込んでエサをさがす習性があります。それに胃がないので、呑《の》み込んだ、汚染されたエサが腸内に長くとどまります。もちろん池の水も汚染されましたので、コイは体の内と外から放射能にさらされました。卵などは体の設計図と言える、細胞の中の遺伝子を傷付けられてしまいました。

「気が遠くなるほどの長い年月の間、放射能を出し続けるものもあります。原子力事故は簡単に昔の話だと片付けられません。それに三つの大事故の前にも後にも、世界の原発でトラブルがあり、放射能のわざわいは絶えることがありませんでした。そのこともきっとイチル様が話してくださいます」

またも「イチル様」です。しかし、放射能のことはお父さんにも難しそうだったので、やはりミツメルよりは、そのイチルという人に教えてもらった方が良さそうです。

「次は牧場へ行きます」

ミツメルが歩き出しました。

牧場なら、いっぱい家畜《かちく》がいて楽しそうだぞ。

ノゾミの胸はようやくふくらみました。

その牧場が見えてきました。牧場は向こうの山のふもとまで続いています。馬や牛、羊が草を食《は》んでいます。のどかに広がる光景にノゾミはほっとしました。

歩いていくとピョンピョン寄ってくる動物がいます。かわいらしい目をしたウサギです。でも、どうもウサギらしくありません。

どこが、って？　あの長い耳がないのです。長い両耳がなく、白い毛糸の帽子をかぶっているみたい。大きいのも小さいのも真ん丸い頭をしています。

その理由は、ノゾミにはもう聞かなくてもわかっています。

「中に入りましょう」とミツメルが四つ足になって柵《さく》をくぐり、ノゾミは柵を開けて中に入りました。

ミツメルの見せたいものが、のどかな風景でないことは、もうわかっています。黙って家畜《かちく》たちに近づきました。

「こんにちは、ごきげんいかが」

ミツメルが大きな黒い馬にあいさつしました。馬はしっぽを振って、「おかげ様で快調だよ。できれば思いっきり駆《か》けてみたいけどね」。そう言って、ポックリポク、ポックリポクと歩きます。

ポックリ、ポックリと響かない原因は会った時からわかっています。後ろ足の一本が曲がっていて、しかも先っぽがないのです。しっぽのない馬もいます。三本足の羊もいます。頭がとても小さな牛もいます。

すべて、生まれつき、放射能のせいだ、とミツメルに聞くまでもなくわかっていますが、でも、「どうして」とやっぱり聞いてしまいました。

「あの馬も、あの牛もお母さんの体の中にいる時に被曝してしまいました。イチル様は

『放射能の嵐』と呼んでいます。放射能の嵐にさらされて細胞《さいぼう》がこわされ、自然な成長ができませんでした」

細胞は生命を包む、もっとも小さな、部屋みたいな組織です。その細胞の中の、成長の設計図の役目をする遺伝子が放射能によって壊されてしまいました。

でたらめな設計図では、細胞は目になったらよいのか羽になったらよいのか迷ってしまうじゃないか。自分がだれなのかわからなければ、まるで永久に親と会えない迷子と同じじゃないか――。

悲しい怒りがノゾミの中に生まれました。そして、ぶっきらぼうに問いました。

「細胞って、決してこわしてはいけない、いのちのつぶのことだろ？」

ミツメルは静かに答えます。

「細胞は細胞からしか生まれません。だから、決して人の手でこわしてはいけません」

ノゾミは、放射能が忌《い》ま忌《い》ましくなってきました。生まれつき三本足や耳なしで生まれた動物たちがかわいそうになりました。

虹に乗って

「あと残っているのは虹の里だけです」

「虹の里？」

「ええ、そこが終点。あなたが虹の里の住人になるかどうかは、イチル様が決めてくださいます」

「住人に？　ぼくは地球に帰れないの。お父さんとお母さんに、もう会えないの」

「わからない。あなたはあのほら穴で倒れました。それから、この星に飛んできました。この後どうなるのか、わたしにもわかりません」

「それじゃ、あの時、ビビ、ビッーときた時、ぼくは死んだの」

「わからない。でも、あなただけがわたしについてきました。友だちはみな、こわがって逃げたのに、あなただけが心の言葉でわたしに近づいてきました」

ノゾミは急に悲しくなりました。そして力が抜けしゃがみこんでしまいました。タツオたちは無事なのに、自分だけが不幸のどん底に突き落とされたような気持ちになりました。

「その気持ち、よくわかります。わたしたちも同じですから。ここにいるみんなは放射能のこわさなど知らぬうちに犠牲になりました。だけど、ここからがたいせつな話。それもこれも、あなたたち人間がつくった原発のせいだということです。あなたなら、そのことをわかってくれると信じて、この星に案内しました」

「案内？」

「あなたをほら穴の中に入れるべきかどうか、わたしが弟たちと穴の前で話し合っていたのを覚えているでしょ？」

ミツメルたちはあの時、被曝の犠牲者たちのこの星に、ノゾミを連れて行くべきかどうかを話し合っていたというのです。

「あなたなら、わたしといっしょに旅をしてくれると思いました」

何のためにぼくだけがそんな恐ろしい目に遭《あ》わなくてはいけないのだ。

ノゾミはミツメルたちの勝手さに腹が立ちました。

「イチル様に言われて、わたしはあなたのような人をさがしていました」

「ぼくのような人って？」

「勇気があって、正直で、やさしい人。地球を救える希《のぞ》みのある人です」

「ぼくは全部、それとは正反対だ。こわがりで、うそつきで、おこりんぼうだ。だから地球へ帰してくれ」

泣き出しそうな声に、ミツメルは困った顔をしました。そして慰《なぐさ》めるように言いました。

「イチル様がおっしゃいました。万物《ばんぶつ》の霊長《れいちょう》である人間が責任を感じなくなってはお終《しま》いだって。あなたはその大事なことを学びにきたのです」

「さあ、立ち上がって。虹の里に着いたら、あなたが地球に帰れるようにイチル様にたのんであげます。とにかく歩き出しましょう。この旅をやりとげましょう」

ミツメルが小さな手をノゾミの肩にまわしました。その手から伝わってくる温かさに、これは夢ではないぞと思いました。

ノゾミはまじまじとミツメルの顔を見ました。その顔がにこりとしました。

「きみはやさしいタヌキだね」

「地獄に仏」と聞いたことがあります。この時は本当にそんな気持ちになりました。

「こんなわたしでもやさしくなれたんですもの。この星へ来れば、だれもがやさしくなれます」

「わたしでも？　それ、どういう意味」

「考えてみてください。せっかくレディに生まれながら三つ目なんて。初めから不幸のどん底ではありませんか。何もかも、自分に対しても恨みだけでした。でも、恨みだけでは救われません。そのことを説明するのはとてもむずかしい。でも、あなたなら間もなくわかります」

ミツメルは山に向かってトボトボ歩き始めました。その歩き方には疲れが見えます。

「きみは、ぼくのような子どもの案内でお疲れのようだ。おんぶしてあげる」

ノゾミがミツメルの前に出てしゃがみました。ミツメルは素直に「ありがとうさん」と負いかぶさりました。

「重くてゴメンね」「どういたしまして」そんな言葉のやり取りをしているうちに山頂に着きました。

眼下に小さな村が見えます。向こうにも山があり、その谷間の村のはしっこに、真っ白い、ひときわ大きな建物が建っています。村の上には虹がかかっています。牧場の風景に劣らぬ、のどかさです。

「にじさ〜ん」

ミツメルが向こうの山に向かって叫びました。すると、どうでしょう。こだまとともに虹が足もとに下りてきました。

「わたしに続いて乗って」

ミツメルがマントをひるがえして飛び乗ると、スポンと虹の中に吸い込まれました。

「ヤッホー」という叫び声とともに下っていきます。ノゾミも真似《まね》て飛び乗りました。虹の中はまるで万華鏡のようです。うれしくなって、やはり「ヤッホー」と叫びました。

虹の中からスポンと、村の中央にある噴水広場《ふんすいひろば》に出ました。そこでは、たくさんの子どもたちがブランコに乗ったり、花を摘《つ》んだりして楽しげに遊んでいます。しかし、平和そうに見える光景の中でも、しっかりと見なくてはいけないものがあることを、ミツメルとの旅で学んでいます。

ノゾミは、虹の里の子どもたちの姿に言葉を失いました。

にこにことブランコに乗っている女の子には耳がありません。ブランコが揺《ゆ》れ、髪《かみ》がなびいた時に気付きました。それだけではありません。どの子も、ミツメルの案内で見てきた生き物たちと同じ様に、放射能の嵐にさらされた跡が体に現れています。

ノゾミの目が涙でくもりました。しかしノゾミは涙をぬぐって懸命《けんめい》に見ようとしました。

みんな地球の子だった

やがて妙なことに気付きました。

子どもたちはちっとも悲しげではないのです。うきうきとした表情で遊んでいます。

なぜだろう、とノゾミは思いました。

「それは、自分の姿をありのままに受け入れて、おたがいにみとめ合っているからです。あの子もこの子も、これからずっと今の姿が真実の姿。恨みをつのらせても仕方がありません。真実は隠しようがありません、変えようがありません。だから明るく過ごすしかないのです。花がいつも明るい方を向いているように、わたしたちの心はいつも清いものを求めます。そして救われようとしているのです」

「でも、これだけはおぼえておいてください。みんなは、一度は地球の子だったのです。地球で成長したかったのに、それができませんでした」

この星では成長できないのだろうか。

「成長は地球の子だけに与えられた恵みです」

それならば、この星では子どもたちはずっと子どものままなのだろうか。この星には大人がいないのだろうか。

「やはり気づきましたね。大人たちはいるにはいるんですが、ちょっとやっかいです。では、いよいよ最後の場所へ行きましょう」

噴水広場《ふんすいひろば》を後にし、どうやら山すその真っ白な建物に向かっているようです。

「教会かい」

ミツメルはうなずきます。

「それじゃ、あれは十字架《じゅうじか》？」

「いいえ、『あこがれの木』。イチル教会に集まる人たちの願いと祈りを吸って中庭から地球に向かって伸びています」

近づくと、確かに、大屋根より高く、巨大なクリスマスツリーのような大木がそびえています。

「十字架でないなら、ここはキリスト教会じゃないの？」

「いいえ、キリスト教でもあります」

「でもあります」って、どういう意味。学校で習ったイスラム教の礼拝堂でもあるってこと？　あれは確か、床屋さんのくるくるポールの先っぽみたいに丸屋根だ。日本のお寺とも違うぞ。

ノゾミは思わず首をひねりました。

「この星ではキリストもアッラーもブッダもみな同じ、ということ。わたしにはその意味がよくわからないけど、信じる心こそが救い、とイチル様が大人たちに教えています。だから、イチル、イチル教会って呼んでいます」

イチル、イチルって言うけど、どんな人なのだろう。

「イチル様はわたしたちをこの星に導《みちび》いてくれたかたです」

「神様ってこと？　それで、イチル教会っていうの？」

「神様でも救い主でもありません。でも、いつも、わたしたちのことを思ってくださいます」

話しているうちにイチル教会の大きな扉《とびら》の前に立ちました。十字架も丸屋根もない、円《えん》錐形《すいけい》の屋根の下、正面の壁に丸い地球が描かれています。

カクゴのマント

「ここでお別れです」

「お別れって、きみはどこへ行くの」

「噴水広場に戻ります」

「イチルって人に、ぼくのことをたのんでくれるって約束だっただろ？」

ミツメルが笑います。

「だいじょうぶ、もうたのみました」

「きみたちはテレパシーで通じ合っているの？」

「イチル様はすべてお見通し。教会に来たことで、地球に帰りたいという、あなたの気持ちは伝わっています。さあ、入ってください」

ミツメルがノゾミの背中を押します。ノゾミはミツメルの手を取りました。

「ミツメル、ありがとう。きみのおかげでさびしくなかった」

「いっしょに旅してくれて、わたしの方こそありがとう」

「また会えるよね」

「わからない。だけど……」

「だけど、なに」

ミツメルはマントを外して両手で広げました。

「このマントをいつまでも覚えておいてください。覚悟《かくご》のマントと言います」

「カクゴって、五角形で角が五つあるから？」

「それもあります。でも、もっと深い意味があります。五万年も五十万年も我慢《がまん》する覚悟、という意味です」

ノゾミにはその意味がわかりません。

「首に巻いてわたしに見せてください」

ミツメルがマントを差し出しました。言われるとおり、ノゾミがマントの一角に首を入れるや風が吹きました。なびくと、不思議なことに体が浮き上がりそうになります。

目をつむると、自分がマントで飛んでいるようです。大勢の仲間を連れて、どこへでも飛んでいけそうな気がします。そして、気持ちが引き締《し》まります。

ノゾミにも「覚悟のマント」のすごさはわかるような気がしました。

「これで、ぼくたちは永遠の友だちだよ。マントの誓《ちか》いだ」

「永遠？」

「そう。ずっといつまでも」

「それは、あなたが決してわたしを忘れないってことですね」

「忘れるもんか」

ノゾミはマントを外《はず》して返しました。

「このマントは永遠にきみのものだ」

「いいえ、永遠にわたしとノゾミのもの」

ミツメルは微笑《ほほえ》み、「どうぞ」とノゾミを教会へと促《うなが》します。歩き出しても、その微笑みを背中に感じます。別れがたくて、ノゾミが振り向くと、ミツメルはさっとマントをひるがえしました。

一つ目族の時代

ノゾミが教会の大きな扉に近づくと、中で、大人たちが何か言い争っています。ノゾミは気おくれしました。しかし、中に入らないことには、ここまで来たかいがありません。扉を少し開けて中の様子をうかがいました。

「なぜ、イチル様はわれわれを地球に帰してくれないのだ」と責める低い声に対し、「イチル様は、きみたち『一つ目族』に復讐《ふくしゅう》をあきらめてほしいのだよ」と、なんとか相手を説得しようとする高い声がします。

「復讐をせずに、おめおめとこのまま引き下がっておれと言うのか」

「復讐をしたところで何も変わらないどころか、さらに地球上に憎しみを増すばかりだ。それこそ、本当に核戦争が起きてしまいかねない。そこまで考えてほしいのだ」

「おまえたちだって原発事故のため、『にっくきアイツら』の企《たくら》みの犠牲《ぎせい》になったんだぞ。

なぜ、もっと怒らない。目には目を、だ」

「復讐をしても安らぎは得られない、とイチル様はおっしゃっているのだ」

「イチルに何がわかる。わかっているような顔をしてこむずかしいことを言うが、しょせん我々とは違う。放射能の犠牲者じゃないから、我々のくやしさなどこれっぽっちも理解できないんだ」

「イチルなどと呼び捨てはやめなさい。わたしたちの悩みを理解してくれたからこそ、この星に連れてきてくれたのだ。イチル様への感謝を忘れてはいけない」

大人たちの議論は堂々巡《どうどうめぐ》りをしています。

ノゾミは勇気を出し、重い扉を両手で押し開けました。ギーという音に教会の大会堂にいた大人たちがいっせいにノゾミの方を振り向きました。

大勢の男女が左右に分かれ、後方は壁ぎわまで座っています。その両側の壁からなだらかに階段状に下った中央に議長と書記の席があり、その席を挟《はさ》んで、「一つ目族」を中心とする復讐派と、彼らをなだめたい感化派《かんかは》の、それぞれの代表が議論していたのです。

「ここは子どもの来るところではありません。何をしに来たのですか」と議長。

「イチル様に会いに来ました」

「イチル様がまた呼び寄せたんだろう」「まだ小さいのにかわいそうに」とザワザワしてきました。

「静粛《せいしゅく》に」と発してから、議長が「名はなんと言いますか」とたずねます。

「ノゾミと言います」

「ここは放射能の犠牲者の星。地球のどこで、どんなふうに放射能にやられたのですか」

「ミツメルの穴の中でビビ、ビッーとやられました」

ウラミくんの告白

「それじゃ、きみは?」

右側の傍聴席《ぼうちょうせき》から大きな声がしました。

「発言したのは復讐派のウラミくんだな。特別に、傍聴席からの発言を許《ゆる》します。起立《きりつ》してミツメルの穴について知っていることを述べなさい」

「ノゾミくんとやら、すまん」

声を絞《しぼ》り出すや、ウラミは立ち上がることもできずに両手で顔を隠して泣き出しました。

議長が「もう一度言います。起立し、知っていることを述べなさい」と急《せ》き立てます。

隣りの人に支えられ、ウラミは立ち上がりました。そして、驚きの事実を告白しました。

ユーラシア原発やニッポン原発、エンガン原発の事故の後も、世界各地で古くなった原発を主に事故や故障《こしょう》が起きました。その度に、放射能を持つ放射性物質が飛散《ひさん》したり漏《も》れたりして、大気や水、土を汚染しました。

放射性物質は、生きているものの体内にも取り込まれました。体内への蓄積は、とくに発育期の子どもたちにとって、むき出しの小さな原発を抱《かか》え込んだも同然でした。その結果、治療《ちりょう》の難《むずか》しい病気や障害が増え、命をむしばみ、奪いました。

それもこれも、生命の安全より金もうけを優先させた人たちのせいです。被害者たちの怒りは高まり、広がりました。そして、怒りをふくらませた人たちが次第に集まって「一つ目族」という集団をつくりました。原発事故で負傷したり病気になったりした人たち、亡くなった人たちの家族も加わりました。

「一つ目族」の目的はただ一つ、「目には目を」の復讐でした。その標的は、原発建設とその稼働《かどう》に積極的に動いた政治家や役人、財界人、学者、ジャーナリストたちでした。それらの人たちはエネルギー施策や経済活動の重要性を説く、社会的に認められた人たちでした。しかし「一つ目族」にとっては、他人の生命を軽《かろ》んじる「にっくきアイツら」でしかありません。

「目には目を」の報復は、放射能による攻撃しかありません。放射能によって、「にっくきアイツら」を殺傷《さっしょう》しようとしたのです。そのために、彼らは放射性物質を弾丸《だんがん》にこめた放射能銃《じゅう》なるものを考案しました。

原発や関係施設からの盗難が相次《あいつ》ぐようになり、放射能が現実に復讐《ふくしゅう》の武器となったのです。

「一つ目族」という呼び名は、実は、その報復を恐れる人たちが名付けました。実際に、盗難現場で「一つ目の犯人を見た」という目撃《もくげき》情報もありました。そのことに加え、「視野の狭い者たちの集団」という蔑《さげす》んだ意味をふくめたのです。

一つ目族は、この世から人工の原子力を一掃《いっそう》して平和な社会を取り戻そうという大義を掲げ、自ら革命集団と名乗っていました。が、放射能による報復で核の脅威《きょうい》を知らしめるという方法論こそが問題でした。野蛮《やばん》な武器で平和を実現できる道理がありません。人々の安心を無視する危険性では、報復の相手である「にっくきアイツら」と変わりありません。革命集団ではなくテロ集団に他なりません。

さて、ウラミですが、彼は、21世紀半ばに起きたエンガン原発の事故現場に侵入し、こともあろうに、破損物《はそんぶつ》を盗み出したのです。大きなカバンの中に隠し持ち、仲間二人とひとまず、ある山中に逃《のが》れました。その山中で見つけたほら穴こそタヌキ一家の巣でした。

それは自殺行為でした。カバンの中の破損物が発する放射能を浴び、ウラミたちは苦しんだ末に息絶えてしまいました。あのほら穴には、他に白骨化した死体が二体あったのです。もちろん、タヌキ一家も無事では済《す》みませんでした。ミツメルは、その巣穴のタヌキ一家の子孫でした。

ウラミは、

「わたしは報復どころか何の罪もない獣や人を死に追いやってしまいました。わたしは今、自分のあやまちに気づきました。復讐派から脱退《だったい》して感化派に転向《てんこう》します」と述べると、反対側の傍聴席《ぼうちょうせき》へ移りました。

懐かしい地球

ミツメルが話した「やっかいな大人たち」の意味がわかりかけた時でした。天井《てんじょう》まで届きそうな真正面のパイプオルガンが突然、鳴り出しました。奏者《そうしゃ》もいないのに、美しい音色が響きます。灯りが消えて真っ暗になりました。

「イチル様のお出ましだ」

「ありがたい説教をしてくださるぞ」

どよめきが広がり、やがてシーンと静まり返りました。

イチルにやっと会える、きっと光り輝いて暗闇《くらやみ》の中から現れるに違いない。

ノゾミも胸をワクワクさせました。パイプオルガンの優雅な旋律は続きます。

「『地球の四季』だ。いつ聴いてもうっとりする」

あちこちでそんな声がします。

大きな天井が映画のスクリーンのように明るくなりました。その天井がスッポリ抜けたように大空が現れました。白い雲が流れ、どこからか小川の流れる音が聴こえてきます。大空の下に大地が広がりました。小川が流れています。雪どけ水がしぶきを上げています。春の土の匂《にお》いがします。薄いピンクの山桜は満開です。山々に緑が増します。小川にアユがのぼり、夏がやってきました。

小川は大河に合流し、やがて青い海に流れ込みました。水平線の向こうからはサザー、サザー、白い波がやって来て海辺の岩や砂を洗います。

「のどかだなぁ」とだれかがもらしました。

遠くから仰げば青く、近づけば緑濃く、美しい地球に季節は巡《めぐ》ります。ノゾミも大パノラマを見ているような心持ちになりました。

風がささやき、葉っぱが揺れています。だんだんと赤や黄色に染まっていく樹木。山の透明な空気の中で秋が深まっています。夜、キツネもウサギも追いかけっこをやめて大きな満月を見上げます。カニやカメも石の上から眺めています。

そんな山々に横なぐりの雪が降るようになりました。ゴウゴウ吹雪《ふぶ》くと木々も沈黙《ちんもく》です。獣たちは急いで雪穴に身を隠しました。太い幹の風下の枝に、鳥たちが身を寄せ合っています。

何日も暗く吹雪いていたのが嘘《うそ》のように、山頂が明るくなりました。太陽は再び輝き出しました。

日はさらに高くなり、そして、また春です。雪上をさすらう陽光のキッスで水が生まれ、小川をつくります。水は輝いて、はねて、自然の運行を司る者に代わり悦びの歌をうたいます。その調べに合わせ、大会堂のみなが歌い始めました。

「季節はめぐる　美しい地球　いのちの地球」

その歌声には、空っぽの心の中へと満ちてくる感動があります。

「やさしい風が吹き　太陽がほほえむ　懐かしい地球　恋《こい》しい地球　もう一度帰って抱かれたい」

みながみな、思いを込めて歌います。

やがて天井が真っ暗になりました。でも、だれも目を離しません。リィン、リィンと星が出てきました。かつて地球から見上げた星空に違いありません。その中のひときわ明るい星が、この星でしょう。

「みな、ごくろうじゃった」と天井から聞こえてきました。

「ここは民主主義の星。それで、今夜も話し合いは決着が付かなかったようだな。しかし一定の成果はあった。それは、復讐派から感化派に移る者がおったことだ。わしとて、復讐を口にする者の心がわからないわけではない。また、恨む心を変えることのむずかしさも承知しておる。しかし憎しみを抱いていては地球には帰れん。わしの『郷愁《きょうしゅう》のホワイトコース』からは外れてしまうのだ。だからといって焦《あせ》ることはない。まずは、この星で安らぎを得ることが肝要《かんよう》だ。すべてはそれからだ」

「今日はこれから、そこのノゾミ少年と一対一で話がしたい。うまくゆけば、みなののぞむ方向に事が進むかも知れない。終わりに、いつもの言葉を『あこがれの木』にとどけておくれ」

みなが両手を胸に当て、祈ります。

「われら永遠に地球の子であれかし。イチルのノゾミ、それのみが救い」

魔のエネルギー

やがて、ぞろぞろと大人たちが扉の方へ動き出し、ノゾミが一人になると、天井に見たことのある顔が映りました。

「あっ、アインシュタイン」

「ハ、ハ、ハッハ。だれもがまちがってくれるので困る。似てはいるけれどアインシュタインとは非なる者。ここではイチルと呼ばれているが、地球にいた時はツバイシュタインと名乗っておった」

「ツバイシュタイン？」

「さよう。アインシュタインは一個の石、ツバイシュタインは二個の石という意味だ。アインシュタインが投げた、一個目の石の落下の軌跡《きせき》を見極《みきわ》め、慎重《しんちょう》に二個目の石を投げる。それが、地球でのわしの仕事と肝《きも》に銘《めい》じた。言ってみれば、アインシュタインの尻《しり》ぬぐいのために一生を捧《ささ》げたのじゃ」

アインシュタインが20世紀最大の科学者であることは学校で習いました。そんな天才科学者の尻ぬぐいなどと話は初めから突拍子《とっぴょうし》もありません。

けれども、ツバイシュタインの目には思慮《しりょ》深い落ち着きがあります。声にも両手で包みこんでくるような温かさを感じ、ノゾミは、話をきちんと聞かなくては、という気持ちになりました。

「地球は、誕生して間もなくは混《こん》とんとしており、宇宙放射線が飛び交《か》っておった。しかし地球は稀有《けう》な星。何億年、何十億年とかけて生命を宿し、進化させる星となった。その地球で、原子はもっとも強固《きょうこ》なもの、もっとも確固《かっこ》たるもの。地球に存在する全てのものの個性の源《みなもと》じゃ」

「それは、いのちのつぶだ」

ノゾミが叫びました。

「いのちのつぶ？　まさに、いのちのつぶ。その言葉、いったいだれに聞いた」

「ミゾウの星です」

「なにぃ、ミゾウの声を聞いた、と。まさしく、きみは見込んだとおりの詩人の魂。きっと、それは神の声じゃ」

「神の声？」

「わしですら聞いたことがないのに……ふ〜ん」

とうなったきり、ツバイシュタインは考え込んでしまいました。ノゾミはエヘンと咳払いしました。

「おお、そうじゃった。つい、人目をはばからず黙《だま》り込む悪いくせが出た」

「ノゾミよ、よく聞いておくれ」

ツバイシュタインは語り始めました。

「人類はこともあろうに、いのちのつぶ、すなわち原子の真ん中にある原子核というものを自らの手でこわすことを覚えてしまった。核分裂《かくぶんれつ》などと言っておるが、こわしてはいけないものをこわしてしまえばどうなる。破滅《はめつ》しかない。理屈など不要の真理じゃ」

「アインシュタインは実に、原子核をこわすことによって生まれる、ばく大なエネルギーを理論的に説き明かしたのだ。その結果がまかり間違ってヒロシマ、ナガサキの悲劇じゃ。一瞬にして巨大なキノコ雲を発生させるほどの爆発力と超高温の熱線の被害に、人類は度《ど》肝《ぎも》を抜かれた。吹き荒れた放射能の嵐に恐れおののいた」

「そこで人類は反省をするべきだったが、そうはならなかった。魔のエネルギーに取りつかれて原発まで造ってしまった。その結果の惨状《さんじょう》は、きみがこの星で見たとおりだ。地球は危《あや》うい。アインシュタインが生きておれば、自らの理論の、予想もしなかった結末に絶望するに違いない」

「原発など釜の中に原爆を抱え込んだ装置に過ぎん。原発は万全な設計の上に造られているから絶対に安全と宣《のたま》う連中がいるが、大うそだ。そもそもが正体は、檻《おり》に閉じ込めておくことなど不可能な魔物の猛獣。暴れ出したら人智《じんち》で止めることができない。そのうえ、うっかりミスは人間の、災害は自然の本性なのだから、それらは避けようがない」

「絶対に安全な原発など、それこそ絶対にあり得ない。地球では隠されていたが、現に、そのために多くの犠牲者が出た。きみがこの星で見たとおりだ」

ノゾミの中に一つの疑問がふくらんでいました。

「放射能がこれ以上悪さをしないように、早く原発を止めたらいいと思います。なぜ、そうしないのですか」

「いい質問だ。だが放射能は悪さを知らない。それを認識できる人間が悪さの主体で、罪がある」

「それでは言い直します。人間はなぜ、放射能を出して悪さをするのですか。なぜ原発を止めないのですか」

「とても、いい質問になった。答えは簡単明瞭《かんたんめいりょう》。欲得《よくとく》にこり固まった邪心《じゃしん》の者たちが、放射能が目に見えぬことをいいことに、放射能汚染《おせん》など被害妄想《ひがいもうそう》に過ぎないと言いつのって原発を動かしているのだ。そして、地球の自然の運行に逆らって、また放射能の時代へと突き進んでおる。良き心を失った邪心《じゃしん》は魔物じゃ、そら恐ろしい」

ツバイシュタインによれば、放射能は放射線を出す能力。放射線は、こわされた原子のかけらと電磁波《でんじは》だそうです。これらが細胞《さいぼう》に突き刺さってきます。細胞は壊《こわ》され、生物は本来の姿を失ってしまいます。

核分裂によって生じる放射線と大量の放射性物質。その放射性物質がまた、まき散らす放射線の被害。爆発力ともども、そのコントロール不可能な、とんでもない破滅《はめつ》エネルギーを人類は手にしてしまったものだ、とツバイシュタインは嘆きます。

ツバイシュタインの悲願

「その魔物退治すなわち放射能の無害化こそ、わしの使命と考えた。地球が生物の墓場とならぬようにと研究に没頭《ぼっとう》し、最初に『ホワイトホール』理論なるものを構想した」

ツバイシュタインは、危険極《きわ》まりない放射性物質を安全な異次元《いじげん》ルートに乗せ、あっという間に地球の外に出してしまい、最後にホワイトホールに閉じ込めてしまうことはできないか、と研究したそうです。

ホワイトホールは、ちょっとブラックホールに似ているかもしれません。ブラックホールは非常に引力の大きい、重力のかたまりといえる天体です。地球がビー玉ほどの大きさにギュッギュッ縮《ちぢ》んでしまうとブラックホールになります。こうなると、どんな高速のロケットも、光ですら逃げ出せません。

光さえ呑《の》み込んでしまうブラックホールと違うのは、ホワイトホールは時間を呑み込んでしまうことです。ですから、たとえ何億年も放射線を出し続ける放射性物質であっても、その放射能は消えてしまいます。時間が過ぎるのを待つしかなかった、放射能の無害化の問題をホワイトホールを追求して解決しようとしたのです。

「しかし一生をかけて明らかになったのは、放射能の消去など不可能ということのみだった。わしはホワイトホールを見い出せぬまま地球とおさらばしてしまった。地球での寿命《じゅみょう》は尽きてしまったが、心血を注いだかいはあった。ミゾウの星にたどり着くことができたのだからな。のみならず、復讐《ふくしゅう》の怨念《おんねん》に取りつかれながら亡くなった者たちを救ってあげたいという一念が通じ、彼らをこの星に連れてくることができた」

「実に……」とツバイシュタインは口ごもり、「実に、我ながら愛の一念じゃった」と涙ぐみました。

「それでは、あの人たちは亡くなって地球にはもう帰れないのですか」

「ああ。だから、せめて地球を懐かしみ、みなでやさしい心になろうと、中庭に『あこがれの木』を植えた。ずんずんと地球に向かって伸びる木は、みなの心の表れだ。『あこがれの木』を見上げ、やさしい心になって地球を思い出す。地球に心通わす、その道筋《みちすじ》を、わしは『郷愁のホワイトコース』と呼んでおる。そして、そのイメージから、また新たな『浄《きよ》めのホワイトホール』が見えてきたのだ」

「キヨメのホワイトホール」など何のことか、さっぱりわかりません。それより、ツバイシュタインの話はノゾミを不安がらせました。

「ぼくももう、この星の住人になってしまい、二度と地球には帰れないのでしょうか」

ツバイシュタインは「ふうん？」と鼻から音をもらしました。

「きみは帰れる。『あこがれの木』から『郷愁のホワイトコース』に乗って」

「ただし、憎しみを抱《かか》えていてはホワイトコースには乗れんぞ。なぜなら、そんな魂には神が宿らんからな」

「神が、魂に？」

「ああ、きみがこの星に来れたのも神が魂に宿ったからじゃ。神が宿った魂は、光年という単位の距離を一瞬にして飛ぶことができる。よいか、『郷愁のホワイトコース』の終点はホワイトホールではないぞ。終点は地球だ」

ミツメルのほら穴で倒れた瞬間、魂に神が宿ったということか。「ビビ、ビッー」は神の声だったのか。それで、ホワイトコースに乗ってミゾウの星まで飛んできたというのか。よし、それなら終点は地球だぞ。

目の前がパッと開けたようでした。でも、有頂天《うちょうてん》にはなれません。ミゾウの星で悲しい真実に接したからです。

救いの神がいるなら、なぜ罪のない子どもたちを地球に帰せないのだろう。ホワイトコースの終点は地球のはずなのに、とノゾミは考えてしまいます。

さらば！　イチル

「でも……」とノゾミは沈んだ声になりました。

「でも……なんじゃ。遠慮は無用。なんでも聞きなさい」

「神様はほんとにいるのでしょうか」

「またまた、いい質問だ。実に原初的である」

「いる。それは愛と言いかえることもできる」

「愛？」

「そう、愛じゃ。わしとて愛の一念であの者たちをこの星に連れてきた。ほら、蒼《あお》い星空を見上げている時、あるいは野原の風を頬に受けている時、自分は何も考えても思ってもいないのに、空っぽの心なのに、どこからかやってきたことはないかな。あるだろ、あたたかな泉のように胸にこみ上げてくるものを感じたことが。そして、やさしい心持ちになったものじゃ。あの時、すうっと愛の神が宿ったのだよ」

ある、とノゾミは思いました。あの別れ際《ぎわ》、ミツメルの微笑《ほほえ》みがそっと胸の中にしのび入りました。

「きみなら、きっとあるはずだ。地球の使者よ、神の声を聞いた者よ、頼みがある」

「魂に愛の神を宿して地球に帰り、はびこっている邪心《じゃしん》から地球を救ってくれ。地球はみなの心のふるさと、こわされてなるものか」

地球を救う？　驚きのあまり、「無理です」という言葉がのどに引っついてしまいました。まだ算数も半ばの小学5年生が、ツバイシュタインのような学者の構想を広めることなど無理に決まっています。

ツバイシュタインは「心配は無用じゃ」と、ノゾミの胸のうちを見透《す》かした言葉を口にしました。

「『郷愁のホワイトコース』は地球を救いたいという一念で構想したものだ。極めて捨象《しゃしょう》され、抽象《ちゅうしょう》を尽くした……つまり簡単に言えば、余計な考えを切り捨て、神のイメージだけを深めた結果、単純明快な結論に達したのだ。その究極のイメージを多くの人に伝えてほしい」

「イメージ？」

「そうじゃ。万物《ばんぶつ》の霊長《れいちょう》である人間はイメージだけで十分。悪さをする主体、すなわち邪《じゃ》心《しん》を『浄《きよ》めのホワイトホール』に送り込むのだ。『邪心よ去れ』と愛を込めて、な。そこで、邪心も清まれば、真っ白な心になって地球に帰れるかも知れない」

「それが究極のイメージだ。地球はありがたい生命の星。生命を救えるのは愛のみ。愛こそ生命の証《あか》し。地球こそミゾウの星じゃ。さらば、地球の子よ。もう二度と会うまい」

2070年の地球の秋

大会堂が闇に包まれました。

こんな闇の中では、出てくるのは、それこそ悪魔か怪物だけです。ノゾミは一人きりにされて、扉の方へ後ずさりしました。そして温かなものに触れました。

もしやと顔をさぐり、闇の中に目を凝らしました。

少しずつ光を増していく目に心が奪われそうになりました。

「おお、ミツメル」

その顔を胸に抱き寄せました。

「やっぱり、もどって来てくれたね」

ミツメルが言います。

「わたしの真ん中の目をのぞいてください。すばらしいものが見えてきます」

目の中で光る一粒の涙。涙が映し出す光景。そこはミツメルの故郷に違いありません。

夕焼け空の下、あの川原で小さなタヌキたちが遊んでいます。そのうちの1匹が鼻を上に向けてキューン、キューンと呼びます。ノゾミを地球に呼んでいるのです。きっと、子ダヌキ時代のミツメルに違いありません。

なんて、かわいいんだろう。

「ミツメル、いっしょに地球に帰ろう」

愛《いと》おしくなって、ノゾミはミツメルを抱《だ》き上げました。

すると、どうでしょう。大会堂の天井《てんじょう》が開きました。ミツメルのマントが広がりました。二人がフワリ、フワリと舞い上がっていき、「あこがれの木」のてっぺんの枝に止まった時でした。「あこがれの木」がずんずんと夜空に向かって伸びていきます。どこまでも、どこまでも……。

「やっぱり、こんなところで眠っていたのか。起きろ。もう帰る時間だ。広場で、みんなが待っている」

タツオの声で目が覚《さ》めました。

「地球だ、帰れたぞ」

「チキュー？　なにを寝ぼけているんだ。ハ、ハン、あのタヌキたちに化かされたな」

「化かされた？」

「あいつら、一つ目と三つ目に化《ば》けやがった。で、やばくなって、ぼくたちは逃げたのに、きみだけが残った。心配になってさがしに来たんだ。もう行くぞ」

ノゾミは辺りを見まわしました。ミツメルの故郷の川原です。しかしミツメルはいません。

「早くしろ。また、あいつらが出てくるぞ」

タツオは小走りで先に行きました。

ノゾミはあおむけのまま、ミツメルの温もりを求めて空《から》っぽの胸を抱きしめました。

トンネルの中にまたトンネルがあるような、幾層《いくそう》もの夢の中から覚めたみたいな気がしました。

アインシュタインの尻ぬぐいだなんて、とんでもないことを言っていたっけ。やっぱり夢だったのか。

ノゾミはゆっくりと立ち上がりました。

見上げると、赤とんぼの群れが、風が吹くたびにツイッ、ツイッと夕焼け空に舞っています。

（キューン）

風の中に細く呼ぶ声がしました。

「ミツメル、どこだ」

胸を抱きしめると、あの微笑みがよみがえります。今度は温かなものを感じます。

そうだ。ダムの近くにあった、ほら穴だ。ほおっておいたら危険だぞ。夢なら夢でもいい。ぼくの道はこっちだ。

ノゾミは口を真一文字に結び、タツオとは逆の道を歩き出しました。

森の中のダムに着き、さらに沢沿いを登り、覚えのある、少し開けた場所に出ました。でも、そこにあったはずのほら穴が見当たりません。

やっぱり夢だったのか。

ノゾミは後ずさりして切り立った斜面を見上げました。

「あっ、五角形」

思わず、息をのみました。

真ん前に、五角形の岩がほら穴をふさいでいるではありませんか。

岩肌《いわはだ》はなめらかで、まるでマントのようです。

このマントは永遠にわたしとノゾミのもの――ミツメルの言葉がその笑顔とともに胸の中によみがえります。

「きみはぼくの中に生きている。ぼくたちはイチルの言葉を信じ、地球の子の役目を果たすんだ」

岩に手を伸ばした時、一匹のトンボが思い出の中から生まれたように岩肌から飛びたち、ツイッ、ツイッとワルツを舞う仲間たちに交じりました。さらに見上げると、鳥たちがあしたにいのちを託すため、ねぐらへ帰ってゆきます。

２０７０年のたそがれ時、地球にはまだ茜色《あかねいろ》の風が吹き、秋は、いのちのつぶのイオンで満ちていました。

あとがき

「地球はミゾウの星」と言ったのは、私が昔学んだ、長岡高専のS先生でした。「ミゾウ」は「未曾有」と書きます。辞書には「未《いま》だ曾《かつ》て起こったことがないこと」とありますが、その時は、その深い意味については考えませんでした。それより、ショックだったのは「核分裂反応では質量が減って、そこからばく大なエネルギーが発生する。原爆も原発もこのエネルギーが正体だ」という言葉でした。アインシュタインの「質量とエネルギーは等価」という理論を教官室で教わったのです。私がそれまでに化学の授業で習ったのは「質量保存の法則」でした。化学反応の後先では、質量の総量に変化は無いというものでした。質量不変が地球の常識と思い込んでいましたから、驚きでした。

さて、「ミゾウの星」ですが、S先生はおそらく「地球は宇宙からの放射線を自然の防波堤《ぼうはてい》でシャットアウトし、生命をはぐくんできた未曾有の星」と説き、

「だから、人の手で核分裂反応を起こすことは内から地球を壊《こわ》す行為に等しい」と教えたかったのではないかと想像しています。

その後、長く忘れていた「未曾有」という語に接したのは、2011年3月、東日本大震災、東京電力福島第一原発の事故が起きた直後です。「未曾有の大災害」という言葉でした。

「想定外」という語をよく見聞きするようになると、「未曾有」という重々しい事態を、「想定外」で薄《うす》めようという意図を疑いました。前後して、原発事故の放射能被害について、「たいしたことはないのに、おおげさに騒いでいる」「原発反対論者の被害妄想《もうそう》だ」という意見を、ニュースや週刊誌で見聞きするようになりました。これらの意見を正当化するかのように、「実証データが乏しく、被曝が病気や障害の原因になると決めつけるのは早計だ」という趣旨の学者の意見がありました。

放射能の性質上、被害の実証には大きな危険がつきまとい、また長い時間がかかります。つまり、実証データの集積は大変困難です。そのため、たとえば「放射能が原因で、ガンや体部奇形の発生、死産という結果が生じた」という因果関係《いんが》を証明するデータは常に足りません。私は、それでいい、むしろ「不足」が常態であってほしいと願います。なぜなら、実証データが充分にそろった時は、地球の生物がもはや手遅れの危機に瀕《ひん》していると憂慮《ゆうりょ》されるからです。

悪しき「未曾有」の事態の回避《かいひ》に努める。それが科学者としての使命です。「早計」論には科学者の良心を感じませんでした。

2015年2月、「福島第一原発の排水路から港湾外の海に汚染水流出」という記事を目にしました。事故から4年経っても、放射能のタレ流しが止まっていないという根本的な事実が、今更ながら重かったです。東京電力の社長は「後始末に四十年かかる」と言っていますが、それは難しい。事故原発の後始末は未体験ゾーンです。真の科学者なら、特に危険なこの分野の、しかも未知の領域に手を突っ込む恐怖と困難を謙虚《けんきょ》に認めるでしょう。

本の中で「魔物《まもの》の猛獣《もうじゅう》」と表現しましたが、後始末《あとしまつ》の対象物は、地下深く封じ込めても決して安心はできません。この「魔物」を安心して閉じ込めておける「檻《おり》」は、地球には存在しません。それほど恐ろしいものを、人類はつくってしまったのです。原発は、地球の何億年、何十億年の営みを否定する悪の装置です。事故原発の後始末は、気の遠くなるような年月と労力を強《し》いるでしょう。国民の士気を傾注《けいちゅう》し続けなければならない大仕事です。ですから、いっそう、この難事業に従事している人たちには頭が下がります。

実は、このあとがきの執筆を専門の学者に頼みましたが、「不安をあおるだけの有害な本」という理由で断られました。その代わり、「あなたのような六十代でも元気な人こそ進んで後始末の作業に参加するべきだ。年齢などの条件を整理し、国は法律で参加を義務づけるべきだ」という自論を述べました。

「参加」への思いは、ずっと胸の中にありました。それは義務感からではありません。地球を慈《いつく》しむ心の必然が「参加」ならば、そうするべきだと考えました。今は、主人公のノゾミに地球の子としての使命を与えた著者の責任も感じ、大きな選択肢《し》になりました。

石井　収
1951年、新潟生まれ。朝日新聞記者、ベルマーク新聞（ベルマーク教育助成財団）編集長などを経てフリーに。
著書「ふるさとは火の島」（汐文社）。
「いのちの夏」（銀の鈴社）。

つのだ・さとし
イラストレーター、漫画家。1946年、東京生まれ。
主な著書に一駒漫画集「0.2mmの漫歩」
木版漫画集「CARTOON」（私家版）等。

NDC913
神奈川　銀の鈴社　2015
72頁　182mm（いのちのつぶ ―ミゾウの星―）

銀鈴叢書
2015年５月10日初版発行
本体800円＋税

いのちのつぶ
―ミゾウの星―

著　者　石井 収©　　絵／つのだ・さとし©
発行者　柴崎聡・西野真由美
編集発行　㈱銀の鈴社　TEL 0467-61-1930　FAX 0467-61-1931
〒248-0005　神奈川県鎌倉市雪ノ下3-8-33
http://www.ginsuzu.com
E-mail info@ginsuzu.com

ISBN978－4－87786－395－1　C0093
落丁・乱丁本はお取り替え致します
印刷　電算印刷
製本　渋谷文泉閣